Mikhaïl Boulgakov

Morphine

Traduit du russe et annoté
par Jean-Louis Chavarot

Gallimard

Cette nouvelle est extraite de *La Garde blanche – Nouvelles, récits, articles de variété* dans *Œuvres I* (Bibliothèque de la Pléiade).

Titre original :

МОРФИЙ

Né à Kiev, alors en Russie, en 1891, Mikhaïl Boulgakov est le fils d'un professeur à l'Académie de théologie. Il suit des études de médecine et exerce comme médecin sur le front en 1916 puis dans un hôpital de campagne. À partir de 1920, il décide de se consacrer à l'écriture, et part pour Moscou en 1921. Pendant la NEP il collabore à diverses revues, comme *Goudok* (*Le Sifflet de locomotive*), *Nakanounié* (*À la veille*), et se fait bientôt connaître comme un des meilleurs représentants de la satire russe de cette époque, avec près de deux cents récits et nouvelles parmi lesquels *L'Île pourpre* (1924). Quelques récits d'un ton plus grave voient alors le jour, comme *Le Brasier du khan* (1924), *J'ai tué* (1926). Deux « grandes nouvelles » sont également publiées durant la NEP, *Endiablade* (1924) et *Les Œufs du Destin* (1925) ; le manuscrit d'une troisième « grande nouvelle », *Cœur de chien*, est confisqué par la police politique. Cette œuvre majeure ne paraîtra qu'en 1968, dans une revue russe d'Allemagne de l'Ouest. En 1926, *Les Jours des Tourbine*, l'adaptation théâtrale de son roman *La Garde blanche* sur la guerre civile en Ukraine, divise partisans et adversaires et sera jouée avec succès pendant plusieurs décennies à Moscou. Ses pièces suivantes sont interdites par la censure ou éreintées par la critique. Réduit au silence, Boulgakov demande l'autorisation de quitter l'URSS en 1930, mais il est nommé à un poste subalterne au Théâtre d'art de Moscou, qu'il quittera en 1936 pour devenir librettiste au Bolchoï. Il meurt le 10 mars

1940. Aujourd'hui, sa maison natale à Kiev est devenue un musée.

À sa mort, les conditions étaient réunies pour que naisse un mythe. Peu à peu sortirent de l'ombre des ouvrages dont la somme constitue le plus assourdissant démenti à toutes les formes de pessimisme : *Le Roman de monsieur de Molière*, publié vingt ans après sa mort, nous fait partager la passion de Boulgakov pour l'œuvre du dramaturge ; *Le Maître et Marguerite*, sans doute l'œuvre la plus connue de Boulgakov, roman écrit entre 1928 et 1940 et paru, avec des coupures, vingt-six ans plus tard, retrace la vie des Moscovites dans les années 1920-1930, bouleversée par l'apparition du diable... À mesure qu'elle sera révélée, l'œuvre de Boulgakov — instrument de la libération intérieure d'un écrivain isolé, muselé, persécuté — apparaîtra comme un acte de foi dans les plus hautes valeurs humaines.

Lisez ou relisez les livres de Mikhaïl Boulgakov en Folio :

LE ROMAN DE MONSIEUR DE MOLIÈRE (Folio n° 2454)

LES ŒUFS DU DESTIN (Folio Bilingue n° 116)

ENDIABLADE (Folio 2 € n° 3962)

J'AI TUÉ *et autres récits* (Folio 2 € n° 5012)

LE MAÎTRE ET MARGUERITE (Folio Classique n° 5213)

CARNETS D'UN JEUNE MÉDECIN (Folio Bilingue n° 175)

I

Les bons esprits l'ont relevé de longue date, le bonheur est comme la santé : lorsqu'il est là, on ne le remarque pas. Mais que passent les années, il vous revient en mémoire, et de quelle façon !

En ce qui me concerne, cela est clair à présent, j'ai été heureux en l'an 1917, l'hiver. Inoubliable année, tempétueuse, violente !

La tourmente à ses débuts m'avait saisi tel un bout de journal déchiré pour m'amener d'un hôpital de secteur perdu au chef-lieu du district. Ça ne va pas bien loin, me direz-vous, un chef-lieu de district[1] ? Mais

1. Trait autobiographique : médecin de formation, Boulgakov avait été chargé d'un hôpital rural de la

si, comme moi, vous vous êtes morfondu au milieu des neiges l'hiver, de forêts austères et pauvres l'été, dix-huit mois durant, sans une seule journée d'absence, s'il vous est arrivé de défaire la bande d'expédition d'un journal vieux d'une semaine, le cœur battant comme un amant heureux décachetant une enveloppe bleu ciel, ou encore d'aller, pour un accouchement, parcourir dix-huit verstes dans un traîneau attelé en file, alors il est à présumer que vous me comprendrez.

La lampe à pétrole, c'est tout à fait charmant, mais moi j'en tiens pour l'électricité !

Et voici que je les ai revues enfin, ces fascinantes ampoules électriques ! La rue principale de la petite ville, bien aplanie par les traîneaux des paysans, rue où pendaient, enchantant les regards, une enseigne avec des bottes, un bretzel doré, des drapeaux rouges, l'image d'un jeune homme aux petits yeux insolents de cochon

region de Smolensk, puis muté en septembre 1917 dans la petite ville de Viazma.

et à la coiffure absolument dénuée de naturel qui indiquait que derrière la porte vitrée se trouvait le Basile local qui, pour 30 kopecks, entreprenait de vous raser à toute heure[1], exception faite des jours fériés, dont mon pays natal n'est point avare.

C'est encore avec un frisson que je me rappelle les serviettes de Basile, ces serviettes qui me faisaient immanquablement voir en esprit la page de ce manuel allemand de dermatologie qui représentait avec une évidence convaincante un chancre induré au menton d'un quidam.

Mais même ces serviettes n'arriveront pas à assombrir mes souvenirs !

Un milicien en chair et en os se tenait au carrefour, une vitrine empoussiérée laissait vaguement apercevoir des plaques de tôle portant en rangs serrés des gâteaux nappés d'une crème roussâtre, la place était jonchée de foin, cela allait et venait

1. Basile, et non Figaro comme on pourrait s'y attendre, car c'est sous cette enseigne qu'officiait l'un des coiffeurs les plus courus de Moscou.

et roulait et bavardait, un kiosque vendait des journaux moscovites de la veille qui contenaient des nouvelles sensationnelles, à peu de distance de là les trains de Moscou lançaient des appels de sifflet. Bref, c'était la civilisation, Babylone, la perspective Nevski.

L'hôpital, ce n'est même pas la peine d'en parler. Il avait un service de chirurgie, un de médecine interne, un de maladies infectieuses, un d'obstétrique. Il avait une salle d'opération, avec un autoclave étincelant, des robinets aux reflets argentés, des tables articulées pleines d'astucieuses pattes, d'engrenages, de vis. Il avait un médecin-chef et trois attachés de consultation (sans me compter), des auxiliaires, des sages-femmes, des gardes-malades, une pharmacie et un laboratoire. Un laboratoire, pensez donc ! Avec un microscope Zeiss et un superbe stock de colorants.

J'étais pris de tremblements, de frissons sous le poids de ces impressions. Il s'écoula pas mal de temps avant que je m'habitue à voir, par les crépuscules de décembre, l'étage unique des pavillons de l'hôpital s'emplir, comme à quelque commandement, de lumière électrique.

Elle m'aveuglait. Dans les baignoires, l'eau tourbillonnait et grondait, et des thermomètres de bois crasseux y plongeaient pour refaire surface. Le service des maladies infantiles résonnait toute la journée de gémissements, de petits pleurs plaintifs, de gargouillis enroués...

Les gardes-malades couraient et virevoltaient en tous sens...

Mon esprit s'était déchargé d'un lourd fardeau. Je ne portais plus sur mes épaules la responsabilité fatale de tout ce qui pouvait se produire dans le monde. Je n'étais pas comptable d'une hernie étranglée, je ne tressaillais plus lorsque arrivait un traîneau amenant une femme avec un fœtus en position transversale, je n'étais pas concerné par les pleurésies purulentes à opérer[1]... Pour la première fois, je me sentais être un homme dont la responsabilité

1. Réminiscences d'expériences vécues dont la plupart ont été développées par Boulgakov dans ses *Carnets d'un jeune médecin* (Gallimard, Folio Bilingue n° 175, 2012).

était délimitée par un certain cadre. Un accouchement ? Mais comment donc : vous voyez ce petit pavillon, et la fenêtre du bout, là-bas, avec un rideau de gaze blanche ? Vous y trouverez le médecin accoucheur, un gros homme sympathique avec une petite moustache rousse, un peu dégarni. C'est son travail à lui. Allons, le traîneau, on se tourne vers la fenêtre au rideau ! Une fracture compliquée, c'est pour le chirurgien en chef. Une pneumonie ? Allez en médecine interne voir Pavel Vladimirovitch.

Ô l'imposante machine qu'un grand hôpital au fonctionnement bien rodé, comme baignant dans l'huile ! Tel un nouveau boulon à son emplacement fixé d'avance, je m'insérai moi aussi dans ce mécanisme en prenant le service de pédiatrie. Et la diphtérie et la scarlatine m'engloutirent et me prirent mes journées. Mais seulement mes journées. Je me mis à dormir la nuit, n'entendant plus sous mes fenêtres ces sinistres coups nocturnes à la porte qui pouvaient m'obliger à me lever et m'emporter dans le noir vers le danger, vers l'inéluctable. Je me mis, le soir, à lire (des choses sur la diphtérie et la scarlatine, bien sûr, au premier chef, et ensuite, allez savoir pourquoi, avec un curieux intérêt, du Fenimore Cooper) et à apprécier pleinement la lampe au-dessus de ma table, les petits charbons grisonnants dans la coupelle du samovar, le thé qui refroidissait, et le sommeil après dix-huit mois d'insomnie…

C'est ainsi que je fus heureux en l'an 17, l'hiver, après m'être fait muter d'un secteur perdu, battu par les tempêtes, au chef-lieu du district.

II

Un mois passa à toute allure, puis un autre, un troisième, l'année 17 s'enfuit, et février 18 arriva à tire-d'aile. Je m'étais habitué à ma nouvelle situation et j'oubliais peu à peu mon lointain secteur. Effacées de ma mémoire, la lampe verte avec son chuintement de pétrole, la solitude, les congères... L'ingrat ! J'avais oublié le poste de combat où, seul, sans aucun soutien, je luttais contre les maladies, me tirant par mes propres forces, tel le héros de Fenimore Cooper, des situations les plus abracadabrantes.

De temps à autre, il est vrai, lorsque je me mettais au lit avec l'agréable perspective de m'endormir tout de suite, quelques bribes traversaient ma conscience déjà embrumée. Une petite lumière verte, une lanterne vacillante… le crissement d'un traîneau… un bref gémissement, puis les ténèbres, le sourd mugissement de la tempête dans les champs… Ensuite tout cela boulait sur le flanc et sombrait…

« J'aimerais bien voir qui est à ma place à présent… Il y a bien quelqu'un qui s'y colle… Un jeune médecin dans mon genre… allons, moi j'ai déjà donné. Février, mars, avril… disons encore mai et j'aurai fait mon temps. Donc, fin mai, je quitte cette cité étincelante et je rentre à Moscou. Et si la révolution me prend sur son aile, il faudra sans doute aller à droite, à gauche… mais en tout cas, mon secteur, je ne le reverrai plus de ma vie… Plus jamais… La capitale… Une clinique… Le bitume, les lumières… »

Ainsi pensais-je.

« … C'est quand même une bonne chose d'avoir été médecin de campagne… Je suis devenu intrépide… Je ne crains plus rien… Que n'ai-je pas eu à soigner ?! Je me le demande, hein ?… Des maladies psychiatriques, je n'en ai pas eu... C'est que... pourtant non, permettez... Et quand l'agronome s'est saoulé à mort... Et que je l'ai soigné, pas bien brillamment d'ailleurs... Le delirium tremens... Ce n'est pas psychiatrique, peut-être ? Il faudrait que je lise un peu de psychiatrie... Bah ! allons... Plus tard, un de ces jours, à Moscou... Pour le moment, d'abord les maladies infantiles... et encore les maladies infantiles... surtout cette satanée posologie pour les enfants... Quelle barbe... Si j'ai un enfant de dix ans, je peux lui donner combien de pyramidon[1], disons, à chaque prise ? 0,1 ou 0,15 ?... Sais plus. Et s'il a trois ans ?... Les maladies infantiles... et rien d'autre... assez d'aléas ahurissants comme ça ! Adieu, mon hôpital !... Pourquoi donc me vient-il en tête avec tant d'insistance ce soir ?... La lumière verte... J'en ai pourtant fini avec lui pour toujours... Allons, suffit... Dormons... »

1. Succédané de l'antipyrine qui était largement employé comme antithermique et analgésique.

« Vous avez une lettre. Apportée par quelqu'un de passage.

— Donnez donc. »

La garde-malade se tenait dans mon entrée. Elle avait un manteau au col râpé, passé par-dessus une blouse blanche marquée à son nom. Sur l'enveloppe bleue bon marché, de la neige fondait.

« C'est vous qui êtes de permanence aux admissions aujourd'hui ? demandai-je en bâillant.

— Oui.

— Il n'y a personne ?

— Non, c'est vide.

— Chi... » (l'envie de bâiller me déformait la bouche et rendait mon élocution relâchée), « chi on m'amène quelqu'un, venez me le faire chavoir... Je vais me coucher...

— Entendu. Je peux disposer ?

— Oui, oui, faites. »

Elle ressortit. La porte grinça, je regagnai ma chambre en traînant des pieds, bousillant l'enveloppe que j'ouvrais de travers avec les doigts.

Elle renfermait un imprimé allongé,

froissé, avec le cachet bleu de mon secteur, de mon hôpital… Cet imprimé inoubliable…

J'eus un sourire.

« Ah çà… toute la soirée, j'ai pensé à mon hôpital, et le voilà qui vient se manifester… C'est de la prémonition… »

Sous l'en-tête, une ordonnance était griffonnée au crayon à encre. Des mots latins, illisibles, biffés…

« Je n'y comprends rien… Quel fouillis… » marmonnai-je, et mon regard se fixa sur le mot *morphini*… « Qu'est-ce qu'elle peut bien avoir d'étonnant, cette ordonnance ?… Ah ! oui !… en dilution à quatre pour cent ! Qui donc prescrit de la morphine en dilution à quatre pour cent ?… Pour quoi faire ?! »

Je retournai le feuillet et l'envie de bâiller me passa. Au verso figurait ceci, à l'encre, d'une écriture molle et espacée :

Le 11 février 1918.

Cher confrère,
Pardonnez-moi de vous écrire sur ce chiffon :

je n'ai pas de papier sous la main. Je suis très gravement atteint, d'un mal pernicieux. Je n'ai personne pour m'aider et ne recherche d'ailleurs l'aide de personne, sinon la vôtre.

Voici plus d'un mois que j'occupe votre ancien secteur, vous sachant en ville, relativement près.

Au nom de notre amitié et de nos années d'études, je vous demande de venir me voir au plus vite. Ne serait-ce qu'une journée. Ou une heure. Si vous me dites que mon cas est désespéré, je vous croirai… Mais peut-être y a-t-il une issue ?… Oui, peut-être qu'il y en a encore une ?… Qu'un espoir se fera jour pour moi ? Je vous en prie, ne faites part à personne de la teneur de cette lettre.

« Maria ! Rendez-vous tout de suite aux admissions et faites-moi venir la garde-malade de service… comment s'appelle-t-elle encore ?… Je ne sais plus… Enfin, la fille de garde qui vient de m'apporter cette lettre. Dépêchez-vous !

— T'suite. »

Quelques minutes plus tard, la garde-malade était devant moi, et la neige fondait sur la peau de chat dégarnie qui lui tenait lieu de col.

« Qui a apporté ça ?

— J'en sais rien, moi. Un barbu. Un type d'une coopérative. L'a dit qu'il venait en ville.

— Hum… c'est bon, allez. Non, attendez. Je vais faire un mot au médecin-chef, vous voudrez bien le lui remettre et m'apporter sa réponse.

— Entendu. »

Mon message au médecin-chef :

Le 13 février 1918.

Cher Pavel Illarionovitch, je reçois à l'instant une lettre de mon camarade de faculté le docteur Poliakov. Il occupe mon ancien poste de Gorelovo, totalement isolé. Il est tombé malade, c'est apparemment grave. J'estime que je me dois d'aller le voir. Avec votre permission, je confierai demain le service pour une journée au docteur Rodovitch afin d'aller voir Poliakov. Il est tout à fait désemparé.

Avec mes respects,

DR BOMGARD.

Réponse du médecin-chef :

Cher Vladimir Mikhaïlovitch, allez-y.

                               PETROV.

Je passai la soirée dans l'indicateur des chemins de fer. On pouvait atteindre Gorelovo comme suit : en partant le lendemain à 14 heures par le train postal de Moscou puis, au bout de trente verstes de trajet, en descendant à la gare de N. et en parcourant ensuite vingt-deux verstes en traîneau jusqu'à l'hôpital de Gorelovo.

« Avec un peu de chance, je serai sur place demain à la nuit tombée », pensais-je, allongé dans mon lit. « Qu'est-ce qu'il a attrapé ? Le typhus, une pneumonie ? Ni l'un ni l'autre… Si c'était ça, il aurait écrit tout simplement : j'ai attrapé une pneumonie. Alors que cette lettre est sans queue ni tête et sonne un peu faux… *Gravement atteint, d'un mal pernicieux…* De quoi ? De syphilis ? C'est ça, manifestement. Il est épouvanté… il n'ose pas l'avouer… il a peur… Oui, mais avec quels chevaux vais-je aller de la gare à Gorelovo, ce serait bon à savoir ? Que je joue de malchance et, arrivé en gare à la tombée du jour, je n'aurai rien pour la suite du chemin… Bah ! je trouverai bien un moyen. Il y aura bien quelqu'un qui me donnera des chevaux à la gare. Et si je lui télégraphiais qu'il m'envoie des chevaux ? Non, ça ne rime à rien ! Le télégramme arriverait un jour après moi… Dame, il ne va pas aller jusqu'à Gorelovo par la voie des airs. À la gare, ils le garderont sous le coude jusqu'à ce qu'ils trouvent quelqu'un qui aille là-bas. Gorelovo, on connaît. Ce trou bon pour les ours ! »

L'imprimé à la lettre était posé sur la table de nuit, dans le cercle de lumière tracé par la lampe ; à côté, le compagnon de mes nuits irritantes d'insomnie, tout hérissé de mégots : le cendrier. Je me retournais sur le drap froissé, la contra-riété commençait à s'emparer de moi. La lettre avait fini par m'énerver.

C'est vrai, quoi : s'il n'a rien d'aigu, une syphilis, disons, pourquoi donc ne vient-il pas lui-même ? Pourquoi est-ce moi qui dois me traîner jusqu'à lui en pleine tempête ? Qu'est-ce qu'il croit, qu'en une soirée je vais le guérir de son luès ? Ou d'un cancer de l'œsophage ? Et quel cancer enfin ! Il a deux ans de moins que moi. Vingt-cinq ans… *Gravement atteint*… Un sarcome ? Elle est absurde, sa lettre, hystérique. À recevoir ça, il y a de quoi attraper la migraine… La voilà, tiens. Ça me tire la veine sur la tempe… Compris, à peine réveillé, ça va me remonter de là sur le haut du crâne, me prendre la moitié de la tête et, arrivé au soir, j'en aurai avalé, du pyramidon et de la caféine. Ce sera mignon, en traîneau, avec le pyramidon ! Il faudra que j'emprunte à l'auxiliaire sa pelisse de voyage, je suis bon pour geler demain, avec mon manteau… Qu'est-ce qu'il a donc ? *Qu'un espoir se fera jour…* C'est dans les romans qu'on écrit ça, pas dans la correspondance d'un médecin qui se respecte !… Dormons, dormons… N'y pensons plus. Demain, on y verra clair… Demain.

Je tournai l'interrupteur, les ténèbres

engloutirent instantanément ma chambre. Dormir… Cette veine qui tire… Mais je n'ai pas le droit de me fâcher contre quelqu'un à cause d'une lettre stupide, sans même savoir de quoi il retourne. Un homme souffre, à sa manière, il l'écrit à un autre. Comme il peut, comme il le ressent… C'est indigne de l'en blâmer à cause d'une migraine, de mon inquiétude, ne serait-ce qu'en pensée… Peut-être bien qu'elle n'est ni fabriquée ni romanesque, sa lettre. Cela fait deux ans que je ne l'ai vu, Serioja Poliakov, mais je me souviens très bien de lui. Il a toujours eu les pieds sur terre… Oui. Autrement dit, il est dans une mauvaise passe… Elle va mieux, ma veine… Le sommeil vient, apparemment. En quoi réside le mécanisme du sommeil ?… Je l'ai lu jadis dans un livre de physiologie… mais c'est un machin pas clair… je ne comprends pas ce que veut dire le sommeil… comment les cellules du cerveau s'endorment-elles ?! Comprends pas, soit dit entre nous. Et puis, je ne sais pourquoi, mais je suis persuadé que l'auteur du manuel de physiologie n'en est pas bien sûr lui-même... Une théorie en vaut une autre... Tiens, voilà Seriojka Poliakov avec un veston vert à boutons dorés, au-dessus d'une table en zinc, avec sur la table un cadavre...

Mm, ouais... mais ça, c'est un rêve...

III

Toc, toc… Boum, boum, boum… Ha…
Qui ça ? Qui ça ? Quoi ?… Ah ! on frappe
à la porte, ah ! zut, on frappe… Où suis-
je ? Que suis-je ?… Qu'y a-t-il ? Ah ! oui, je
suis dans mon lit… Pourquoi est-ce qu'on
me réveille ? On peut, je suis de garde.
Debout, docteur Bomgard. Voilà Maria
qui est allée ouvrir la porte en traînant la
semelle. C'est quelle heure ? 12 h 30… Il
fait nuit. J'ai donc dormi à peine une
heure. Et la migraine ? Elle est bien là. Je
la sens !

On frappa doucement à la porte.

« Qu'y a-t-il ? »

J'entrebâillai la porte de la salle à man-
ger. Le visage de la garde-malade apparut

dans le noir et je décelai d'emblée qu'il était blême, les yeux dilatés et anxieux.

« Qui a-t-on amené ?

— Le docteur du secteur de Gorelovo, répondit-elle d'une voix forte et rauque ; il s'est brûlé la cervelle.

— Po-lia-kov ? Ce n'est pas possible ! Poliakov ?!

— Je sais pas comment il s'appelle.

— Bon, bon… Je viens, je viens de suite. Vous, courez voir le médecin-chef, réveillez-le immédiatement. Dites-lui que je le demande d'urgence aux admissions. »

La garde-malade s'élança ; la tache blanche disparut de ma vue.

Deux minutes plus tard, une tempête de neige féroce, sèche et piquante, me cinglait les joues sur le perron, enflait les pans de mon manteau, couvrait de glace mon corps effrayé.

Aux fenêtres des admissions, une lumière blanche et agitée flambait. Sur le perron, dans un nuage de neige, je me heurtai au médecin-chef qui se hâtait vers la même destination que moi.

« C'est votre gars ? Poliakov ? » me demanda le chirurgien en toussotant.

« Je n'y comprends rien. C'est lui, manifestement », répondis-je, et nous pénétrâmes à la hâte dans le local.

Une femme tout emmitouflée se leva du banc à notre rencontre. Des yeux bien connus, emplis de larmes, me regardèrent de sous la bordure d'un fichu brun. Je reconnus Maria Vlassievna, la sage-femme de Gorelovo, ma fidèle collaboratrice pour les accouchements à mon hôpital.

« C'est Poliakov ? demandai-je.

— Oui, répondit Maria Vlassievna, c'est si affreux, docteur ; je n'ai cessé de trembler de tout le trajet en me disant "pourvu qu'on arrive à temps"…

— Ça s'est passé quand ?

— Ce matin, au petit jour, bredouilla Maria Vlassievna. Le gardien est arrivé en courant et m'a dit : "Il y a eu un coup de feu chez le docteur…" »

Sous une lampe dégageant une lumière médiocre, sinistre, était allongé le docteur Poliakov ; au premier regard posé sur les semelles de ses bottes de feutre, inertes, comme pétrifiées, le cœur me manqua comme à l'accoutumée.

On lui ôta sa toque de fourrure : des cheveux collés et mouillés apparurent. Mes mains, celles de la garde-malade, celles de Maria Vlassievna s'affairèrent sur Poliakov, dégageant de sous le manteau une gaze blanche souillée de taches d'un jaune rouge qui s'étalaient. Sa poitrine se soulevait faiblement. Je tâtai le pouls et tressaillis : il disparaissait sous mes doigts, traînant, filiforme, avec des pulsations fréquentes et instables. La main du chirurgien s'avançait déjà vers l'épaule, pinçant entre deux doigts la chair blême pour injecter du camphre. Alors le blessé entrouvrit la bouche, y laissant apparaître une traînée de sang rosâtre et, remuant à peine ses lèvres bleuies, prononça d'une voix sèche et faible :

« Au diable le camphre. Laissez tomber.

— Taisez-vous », lui répondit le chirurgien en faisant glisser l'huile jaune sous la peau.

« Je crois bien que le péricarde est touché », murmura Maria Vlassievna, puis elle s'agrippa fermement au bord de la table et se mit à scruter les paupières immenses du blessé (il avait les yeux fermés). Des ombres d'un gris violacé, comme les ombres du couchant, coloraient de plus en plus nettement les creux près des ailes du nez, et une sueur fine, qu'on eût dit de mercure, y perlait.

« Coup de revolver ? » demanda le chirurgien avec une crispation de la joue.

« De browning, balbutia Maria Vlassievna.

— Eeh ! » fit tout à coup le chirurgien d'un ton mauvais et rageur, avant de quitter brusquement la table avec un geste de dépit.

Je me tournai vers lui, effrayé, sans comprendre. Un autre regard apparut derrière mon épaule. Un autre médecin s'approcha.

Poliakov remua soudain la bouche, en travers, comme un dormeur qui veut chasser une mouche importune, puis sa mâchoire inférieure se mit à bouger, comme s'il était étouffé par une boule qu'il voulait déglutir. Ah ! celui qui a vu les infectes plaies que fait un revolver ou un fusil connaît bien ce mouvement ! Maria Vlassievna fronça douloureusement les sourcils, poussa un soupir.

« Le docteur Bomgard… dit Poliakov, à peine audible.

— Je suis là », murmurai-je, et ma voix résonna tendrement tout près de ses lèvres.

« Le cahier est pour vous… » répondit Poliakov d'une voix rauque et encore plus faible.

Alors il ouvrit les yeux et les leva vers le triste plafond de la salle, qui se fondait dans l'obscurité. Ses pupilles sombres s'emplirent d'une sorte de lumière intérieure, le blanc des yeux devint comme translucide, bleuté. Les yeux s'arrêtèrent dans les hauteurs puis se firent troubles et perdirent cette coloration fugace.

Le docteur Poliakov était mort.

Nuit. Bientôt l'aube. La lampe éclaire très fort car la petite ville est endormie et il y a beaucoup de courant électrique. Tout est silencieux, le corps de Poliakov est dans la chapelle. Nuit.

Sur le bureau, devant mes yeux rougis par la lecture, une enveloppe décachetée et un feuillet. Il y est écrit :

Mon cher camarade,
Je n'attendrai pas votre venue. J'ai renoncé à me faire soigner. C'est sans espoir. Et puis je ne veux plus souffrir. J'ai fait assez de tentatives. Je mets les autres en garde : méfiez-vous des cristaux blancs solubles à 25 parties d'eau. Je me suis trop reposé sur eux, ils ont causé ma perte. Mon journal, je vous l'offre. Vous m'avez toujours fait l'effet d'un esprit curieux porté sur les documents humains. Si cela vous intéresse, lisez mon anamnèse.
Adieu. Votre

S. POLIAKOV.

Post-scriptum en gros caractères :

Prière de ne rendre personne responsable de ma mort[1].

SERGUEÏ POLIAKOV, médecin.
Le 13 février 1918.

---

1. Allusion au suicide, en 1915, d'un ami d'enfance de Boulgakov qui avait laissé un message de la même teneur.

Près de la lettre du suicidé, un cahier genre cahier d'écolier, couvert de toile cirée noire. La moitié des pages, au début, en est arrachée. Sur ce qui reste, des notes brèves, d'abord au crayon ou à l'encre, d'une écriture fine et précise, vers la fin au crayon à encre ou au gros crayon rouge, d'une écriture relâchée, d'une main tremblante, avec de nombreux mots abrégés.

IV

… 7*, le 20 janvier.

… et très content. Et c'est tant mieux :
plus loin je serai, mieux cela vaudra. Je ne
peux plus voir les gens, et ici je ne verrai
personne à part des paysans malades. Pas
de quoi rouvrir ma plaie, n'est-ce pas ? Les
autres, d'ailleurs, n'ont pas été affectés plus
mal que moi dans les secteurs de zemstvo[1].
Tous ceux de ma promotion qui n'étaient
pas incorporables dans l'active (les réservis-
tes de la défense territoriale de deuxième

---

* De toute évidence 1917 (Dr Bomgard).
1. Assemblées élues de district créées par Alexan-
dre II en 1864 et chargées de gérer localement, sous
la tutelle de l'administration, la santé, l'instruction
publique, les transports et l'aide à l'économie.

catégorie, classe 1916[1]) ont été nommés dans les zemstvos. Au reste, cela n'intéresse personne. Parmi ces camarades, je n'ai eu de nouvelles que d'Ivanov et de Bomgard. Ivanov a choisi le gouvernement d'Arkhangelsk (question de goût) et Bomgard, à ce que m'a dit l'infirmière, se morfond dans un secteur perdu dans le genre du mien, à trois districts d'ici, à Gorelovo. Je voulais lui écrire et puis j'ai renoncé. Je ne veux voir ni entendre personne.

Le 21 janvier.

Tempête. Rien.

Le 25 janvier.

Quel coucher de soleil lumineux. La migrénine, composé d'antipyrine, de caféine et d'*ac. citric.*

En poudre à 1,0... est-ce bien possible à 1,0 ?... Mais oui.

---

1. Ce statut, dont Boulgakov bénéficia lui-même, permettait de ne pas appeler à l'armée les médecins les plus jeunes mais de les nommer dans des hôpitaux ruraux dont les titulaires, plus expérimentés, avaient été affectés dans les hôpitaux militaires du front.

Le 3 février.

Reçu aujourd'hui les journaux de la semaine dernière. Sans les lire, j'ai quand même eu la tentation de regarder la rubrique théâtrale. On jouait *Aïda* la semaine dernière. Elle est donc apparue sur une hauteur de la scène pour chanter *Mon doux ami, viens donc à moi*[1]...

Elle a une voix peu commune ; comme c'est étrange qu'une voix lumineuse, immense, soit donnée à une âme si vile et si noire...

(Ici une interruption, deux ou trois feuillets arrachés.)

... sûr que c'est indigne, docteur Poliakov. Et puis, c'est un enfantillage de potache : c'est imbécile d'agonir une femme

1. Citation approximative de paroles que chante le personnage d'Amnéris, princesse égyptienne éprise de Radamès et rivale d'Aïda dans l'opéra éponyme de Verdi. De même que son héros, Boulgakov était grand amateur d'opéra.

d'injures ordurières parce qu'elle vous a quitté ! Elle ne veut plus vivre avec moi, elle s'en va. Terminé. Comme tout est simple, au fond. Une cantatrice se met avec un jeune médecin, elle vit une petite année avec lui, elle le quitte.

Si je la tuais ? La tuer ? Ah ! que tout est bête, vide. Sans espoir !

Je ne veux plus penser. Je ne veux plus…

Le 11 février.

La tempête, toujours la tempête… J'y suis englouti ! Des soirées entières, je suis seul, tout seul. J'allume la lampe et je reste sur ma chaise. La journée encore, je vois des gens. Mais je travaille machinalement. Le travail, je m'y suis fait. Il n'est pas aussi terrible que je le pensais. À vrai dire, l'hôpital militaire m'a apporté beaucoup. Je ne serai quand même pas venu ici tout à fait ignare[1].

Aujourd'hui j'ai fait ma première version obstétricale.

1. Boulgakov avait lui-même exercé dans des hôpitaux militaires entre avril et juillet 1916.

Ainsi donc, trois personnes sont ense-
velies ici sous la neige, moi-même, Anna
Kirillovna, sage-femme et infirmière, et
l'auxiliaire. L'auxiliaire est marié. Ils habi-
tent (le personnel subalterne) dans
l'annexe. Et moi je suis seul.

Le 15 février.

Il s'est passé une chose intéressante hier
soir. Je m'apprêtais à me coucher lorsque
j'ai soudain été pris de douleurs dans la
région de l'estomac. Mais de quelles douleurs ! J'en ai eu des sueurs froides sur le
front. La médecine est tout de même une
science approximative, il faut bien le dire.
Pour quelle raison un homme qui n'a absolument aucune affection stomacale ou
intestinale (append., p. ex.), qui a un foie
et des reins en parfait état et dont l'intes-
tin fonctionne de façon tout à fait normale, peut-il être pris, la nuit, de douleurs
telles qu'il va s'en rouler sur son lit ?

En gémissant, je me suis traîné jusqu'à
la cuisine, là où dorment la cuisinière et
son mari Vlas. J'ai envoyé Vlas chercher
Anna Kirillovna. Elle est venue en pleine

nuit et a été obligée de m'injecter de la morphine[1]. Elle dit que j'étais tout vert. Pourquoi donc ?

Notre auxiliaire me déplaît. C'est un homme taciturne, tandis qu'Anna Kirillovna est très charmante et évoluée. Je m'étonne qu'une femme qui est loin d'être vieille puisse vivre totalement seule dans ce cercueil de neige. Son mari est prisonnier en Allemagne.

Je ne puis que chanter les louanges de celui qui a le premier extrait la morphine de capsules de pavot. C'est un véritable bienfaiteur de l'humanité. Les douleurs ont pris fin sept minutes après la piqûre. Chose curieuse, ces douleurs progressaient par grandes ondes, sans aucun répit, de sorte que j'étouffais littéralement comme si on m'avait enfoncé dans le ventre puis tourné et retourné une barre à mine chauffée au rouge. Dans les quatre minutes qui ont

1. À la suite d'une allergie au sérum antidiphtérique dont il avait été soulagé par des injections de morphine, Boulgakov avait lui-même souffert de dépendance à cette drogue, finalement surmontée au bout d'un an grâce à la ténacité de sa femme.

suivi la piqûre, j'ai commencé à percevoir le mouvement ondulatoire de la douleur :

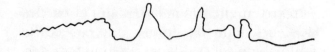

Il serait très bon que les médecins aient la possibilité d'essayer sur eux-mêmes de nombreux médicaments. Ils auraient une tout autre idée de leur mode d'agir. Après la piqûre j'ai, pour la première fois depuis des mois, dormi profondément, d'un bon sommeil — sans penser à celle qui m'a trompé.

Le 16 février.

Aujourd'hui, à la consultation, Anna Kirillovna s'est informée de mon état et m'a dit que c'était la première fois depuis le début qu'elle ne me voyait pas renfermé.

« J'ai vraiment l'air renfermé ?

— Très », a-t-elle répondu avec conviction, en ajoutant qu'elle était frappée de me voir toujours silencieux.

« Je suis ainsi fait. »

Mais c'est faux. J'étais plein de joie de vivre avant le drame conjugal que j'ai vécu.

Le jour décline tôt. Je suis seul dans l'appartement. Dans la soirée j'ai eu des douleurs, mais pas fortes, une espèce de fantôme de celles d'hier, quelque part derrière le sternum. Redoutant une récidive de la crise d'hier, je me suis moi-même injecté un centigramme dans la cuisse.

La douleur a cessé instantanément ou presque. Une chance qu'Anna Kirillovna ait laissé le flacon.

Le 18.

Quatre piqûres, ce n'est pas terrible.

Le 25 février.

Quelle drôle de femme, cette Anna Kirillovna. Comme si je n'étais pas médecin, 1 seringue 1/2 = 0,015 morph.[1] ?
Oui.

---

1. Ici et dans la suite du texte, la censure soviétique avait supprimé jusqu'en 1988 toutes les indications de dosage de la morphine.

*

Soyez prudent, docteur Poliakov !
Balivernes.

Crépuscule.
Or voici déjà un mois et demi que pas
une seule fois je ne suis retourné en pensée vers la femme qui m'a trompé. Le
motif de son Amnéris m'a lâché. J'en suis
très fier. Je suis un homme.

Anna K. est devenue en secret ma maî-
tresse. Il ne pouvait d'aucune façon en
aller autrement. Nous sommes relégués
sur une île déserte.

La neige a changé, on dirait qu'elle est
devenue plus grise. C'en est fini des gels
terribles, mais les tempêtes reprennent
par moments…

La première minute, sensation de contact sur le cou. Ce contact devient chaud

et s'étend. Une minute plus tard, une onde froide passe soudainement dans le creux de l'estomac, ensuite les pensées commencent à se clarifier extraordinairement et la puissance de travail est décuplée. Toutes les sensations désagréables cessent, absolument toutes. C'est le summum de la force spirituelle de l'homme. Si je n'étais pas gâté par ma formation médicale, je dirais que l'homme ne peut travailler normalement qu'après une piqûre de morphine. Et de fait, à quoi diable l'homme est-il bon si la moindre névralgie de rien du tout est capable de le désarçonner totalement !

Anna K. a peur. L'ai rassurée en lui disant que, depuis mon enfance, je me suis toujours signalé par une volonté phénoménale.

Le 2 mars.

Rumeurs d'événements grandioses. Nicolas II aurait été renversé.

Je me couche très tôt. Vers les 9 heures.
Et je dors profondément.

Le 10 mars.

Là-bas, c'est la révolution. Les jours allongent, le crépuscule semble se faire un tout petit peu plus bleu.

De tels rêves, au lever du jour, je n'en avais encore jamais fait. Ce sont des rêves doubles.

Le rêve principal étant, comment dire ? vitreux. Transparent.

Ainsi donc : je vois une rampe à l'éclairage terriblement cru, d'où s'échappe un ruban de lumières de toutes les couleurs. Amnéris agite une plume verte et chante. L'orchestre, parfaitement irréel, est d'une incroyable plénitude. Rendre cela par écrit m'est d'ailleurs impossible. En un mot, dans les rêves normaux, la musique est silencieuse… (les rêves normaux ? En voilà encore une question, savoir quels rêves sont plus normaux que d'autres ! Bon, je plaisante…) silencieuse, alors que dans le mien elle a une sonorité absolument céleste. Et surtout, je puis en augmenter ou en réduire la puissance à mon gré. Je me rappelle, dans *Guerre et Paix*, la scène où Pétia Rostov, à demi ensommeillé, connaît ce même état[1]. Quel écrivain admirable, ce Léon Tolstoï !

La transparence à présent : eh bien, à travers les irisations d'*Aïda* je perçois, avec une matérialité totale, le bord de ma table de travail vue de la porte de mon bureau, la lampe, le plancher luisant, et j'entends, traversant les vagues de l'orchestre du théâtre Bolchoï, un bruit clair et agréable de pas, comme de castagnettes étouffées.

C'est donc (il est 8 heures) Anna K. qui vient me réveiller et m'annoncer ce qui se passe à la consultation.

Elle ne se doute pas qu'il n'y a pas à me

1. *Guerre et Paix*, t. IV, IIIe partie, chap. x, où Pétia Rostov éprouve ces sentiments dans la nuit précédant l'attaque menée par Denissov au cours de laquelle il trouvera la mort.

réveiller, que j'entends tout, que je peux discuter avec elle.

J'ai vécu encore cette expérience-ci hier :

ANNA : Sergueï Vassilievitch…

MOI : Je vous écoute… *(à la musique, doucement :* più forte*).*

Musique : un grand accord.

Ré dièse…

ANNA : Il y a vingt patients inscrits.

AMNÉRIS *(chante).*

Impossible, du reste, de rendre cela sur le papier.

Ces rêves sont-ils nocifs ? Que non. Après les avoir rêvés, je me lève plein de force et d'entrain. Et je travaille bien. J'éprouve même à présent de l'intérêt pour ce que je fais, chose qui n'était pas auparavant. Quoi d'étonnant puisque toutes mes pensées étaient axées sur mon ex-femme.

Alors que maintenant je suis serein.

Je suis serein.

Le 19 mars.

Cette nuit, je me suis disputé avec Anna K.

« Je ne veux plus vous faire la dilution. »

J'ai tenté de la raisonner :

« Allons, Annoussia, ce sont des sottises. Vous me prenez pour un gamin ou quoi ?

— Je ne veux plus. Vous finirez par y rester.

— Comme vous voudrez. Mais comprenez que j'ai des douleurs dans la poitrine !

— Faites-vous soigner.

— Où ?

— Prenez un congé. La morphine n'a jamais soigné personne. » (Puis, après un moment de réflexion, elle a ajouté :) « Je ne peux pas me pardonner de vous avoir préparé un deuxième flacon ce jour-là.

— Mais enfin, quoi, je serais morphinomane ?

— Oui, vous êtes en train de le devenir.

— Donc, vous refusez ?

— Oui. »

J'ai alors pour la première fois observé en moi une désagréable propension à m'emporter et surtout à crier contre les autres alors que je suis dans mon tort.

Ce n'a pas été tout de suite, à vrai dire. Je suis allé dans ma chambre. J'ai regardé.

À peine un fond dans le flacon. Je l'ai aspiré dans la seringue : il en a rempli 1/4. Je l'ai jetée à terre, manquant la briser : j'en ai été pris de tremblements. Je l'ai ramassée soigneusement et examinée : pas une fêlure. Suis resté une vingtaine de minutes dans la pièce. Je ressors : elle n'était plus là.

Partie.

Figurez-vous que je n'y ai pas tenu, je suis allé la voir. J'ai frappé à la fenêtre éclairée de son bâtiment. Elle est sortie sur le seuil, enveloppée d'un châle. Nuit calme, toute calme. La neige qui se défait. Au loin dans le ciel, cela sent le printemps.

« Soyez gentille, Anna Kirillovna, donnez-moi les clés de la pharmacie. »

Elle, dans un murmure :

« Pas question.

— Je vous en prie, camarade, donnez-moi les clés de la pharmacie. C'est le médecin qui vous parle. »

Je vois dans le noir son visage qui change, qui blêmit nettement, ses yeux qui s'enfoncent, qui se creusent, qui se font noirs. Et elle m'a répondu d'une voix qui a éveillé en moi de la compassion.

Mais l'emportement m'a aussitôt repris.

ELLE : Pourquoi parler ainsi, pourquoi ? Ah ! Sergueï Vassilievitch, vous me faites pitié.

Alors elle a sorti ses mains de sous le châle, et je vois qu'elle tient les clés. Elle était donc sortie me voir en les prenant.

MOI *(avec violence)* : Donnez-moi les clés !

Et je les lui ai arrachées des mains.

Je suis allé vers le pavillon blanchâtre de l'hôpital, sur les planches pourries et branlantes.

Je bouillais intérieurement de fureur, au premier chef parce que je n'ai littéralement aucune idée de la manière dont on prépare une dilution de morphine pour injection sous-cutanée. Je suis médecin, pas infirmière !

J'avançais en frissonnant.

Et je l'entends qui marche derrière moi, comme un chien fidèle. Un flot de tendresse m'a envahi mais je l'ai réprimé. Je me suis retourné et lui ai dit hargneusement :

« Vous allez la faire, oui ou non ? »

Elle a levé la main d'un geste résigné comme pour dire « eh, qu'importe », et elle a répondu tout bas :

« Je vais la faire, allez… »

… Une heure plus tard, j'étais dans mon état normal. Je me suis bien sûr excusé d'avoir été d'une grossièreté stupide. Je n'arrive pas à comprendre comment cela a pu m'arriver. J'étais un homme courtois avant.

Elle a réagi à mes excuses curieusement. Elle s'est agenouillée, a posé sa tête dans mes mains et m'a dit :

« Je ne suis pas fâchée contre vous. Non. Je sais déjà que vous êtes perdu. Je le sais bien. Moi-même, je me maudis de vous avoir fait cette injection. »

Je l'ai tranquillisée comme j'ai pu, en l'assurant qu'elle n'y était strictement pour rien, que j'étais seul responsable de mes actes. Je lui ai promis que dès le lendemain je commencerais sérieusement à me désaccoutumer en réduisant les doses.

« Combien vous en êtes-vous injecté là ?

— Trois fois rien. Trois seringues à 1 %. »

Sa tête s'est faite plus lourde, elle n'a plus rien dit.

« Mais ne vous en faites donc pas ! »

… Au fond, je comprends son inquiétude. De fait, le *Morphium hydrochloricum* est une chose redoutable. L'accoutumance vient très vite. Cela dit, une petite accoutumance, ce n'est pas encore de la morphinomanie…

… À dire vrai, cette femme est le seul être qui me soit réellement fidèle. Au fond, c'est bien elle qui doit être ma femme. L'autre, je l'ai oubliée. Oubliée. Grâces en soient rendues à la morphine, malgré tout…

Le 8 avril 1917.

Un martyre.

Le 9 avril.

Ce printemps est atroce.

Le diable dans un flacon. La cocaïne, c'est le diable dans un flacon !

Voici comment elle agit :

En injectant une seringue de dilution à 2 %, il s'établit presque instantanément un état de quiétude qui tourne immédiatement à une extase bienheureuse. Cela dure seulement une à deux minutes. Ensuite tout disparaît sans laisser de traces, comme si cela n'avait jamais été. Commencent alors les douleurs, l'angoisse, le noir. Le printemps gronde, des oiseaux noirs volettent d'une branche dénudée à une autre et, au loin, la forêt se dresse vers le ciel telle une ligne brisée, hérissée et noire, et derrière, embrasant le quart du ciel, le premier crépuscule du printemps.

J'arpente la grande pièce vide et solitaire de mon logement de fonction, en diagonale, de la porte à la fenêtre, de la fenêtre à la porte. Combien puis-je faire de ces trajets ? Quinze ou seize, pas davantage. Ensuite, il me faut obliquer pour aller dans la chambre à coucher. Une seringue est posée sur un morceau de gaze, à côté d'un flacon. Je la prends et, après avoir négligemment enduit d'iode ma hanche toute marquée de piqûres, je plante l'aiguille dans la peau. Aucune douleur, oh ! non, au contraire : je jouis d'avance de l'euphorie qui va se manifester. La voici. Je le sais parce que, sur le seuil, le son de l'accordéon dont joue Vlas, le gardien, tout à sa joie printanière, ces sonorités irrégulières et enrouées d'accordéon qui me parviennent assourdies à travers la vitre deviennent des voix angéliques, tandis que les basses grossières du soufflet tout gonflé d'air roulent comme un chœur céleste. Mais il suffit d'un instant et la cocaïne dans mon sang, en vertu de quelque loi mystérieuse dont aucune pharmacologie ne donne de description, devient quelque chose d'autre. Je sais bien quoi : c'est le diable qui se mêle à mon sang. Et sur le perron Vlas s'estompe, et je le déteste, et le crépuscule au grondement menaçant enflamme mes entrailles. Cela plusieurs fois de suite dans la soirée, jusqu'à ce que je comprenne que je suis intoxiqué. Mon cœur se met à battre si fort que je le sens dans mes mains, dans mes tempes… ensuite, il s'abat dans un gouffre, et à certains moments je me prends à penser que le docteur Poliakov ne reviendra plus à la vie...

Le 13 avril.

Moi, l'infortuné docteur Poliakov, atteint de morphinomanie depuis février, je mets en garde tous ceux à qui il adviendra de subir le même sort que moi : n'essayez pas de remplacer la morphine par de la cocaïne. La cocaïne est un poison on ne peut plus ignoble et insidieux. Hier, c'est à peine si Anna a réussi à me récupérer à force de camphre, et aujourd'hui je suis un mort-vivant...

Le 6 mai 1917.

Bien longtemps que je ne me suis mis à mon journal. C'est dommage. Au fond, ce n'est pas un journal mais une anamnèse, et c'est manifestement par penchant professionnel que je suis attaché au seul ami que j'aie au monde (à part ma triste amie Anna, souvent en pleurs).

Si donc je tiens à jour l'historique de ma maladie, voici : je m'injecte de la morphine deux fois par jour, à 17 heures (après avoir déjeuné[1]) et à minuit, avant le coucher.

Dilution à 3 % : deux seringues. J'en absorbe donc en une fois 0,06.

Pas mal !

Mes notes précédentes sont quelque peu hystériques. Il n'y a rien de particulièrement effrayant. Sur ma capacité de travail, cela n'a strictement aucune incidence. Au contraire, je tiens toute la journée sur l'injection de la veille au soir. Je me tire admirablement des opérations, je suis impeccablement scrupuleux en matière de prescriptions et je puis vous donner ma parole de médecin que ma morphinomanie n'a causé aucun tort à mes patients. Et j'espère qu'elle n'en causera pas davantage. C'est autre chose qui me tourmente. J'ai sans cesse l'impression que quelqu'un va découvrir mon vice. Et il m'est pénible, à la consultation, de sentir

1. On déjeune souvent fort tard en Russie, vers 15 heures.

dans mon dos le regard pesant et inquisiteur de mon assistant.

Sornettes ! Il ne se doute de rien. Rien ne me trahira. Mes pupilles ne peuvent me trahir qu'au soir, or le soir je ne tombe jamais sur lui.

Le trou terrifiant dans la réserve de morphine de notre pharmacie, je l'ai comblé en allant à la ville. Mais même là, il m'a fallu subir quelques moments désagréables. Le chef du dépôt prend la commande où, prévoyant, j'avais inscrit toutes sortes d'autres bricoles du genre caféine (dont nous avons à revendre), et me dit :

« Quarante grammes de morphine ? »

Et je me sens détourner les yeux comme un écolier. Je me sens rougir…

Il me dit :

« Nous n'en avons pas tant. Je vais vous donner dans les dix grammes. »

Il n'en a pas tant, en effet ; mais il me semble qu'il a percé mon secret, qu'il me sonde et me taraude du regard, et je me trouble, et je me mets martel en tête.

Non, les pupilles, seules les pupilles sont un danger ; je vais donc me fixer pour principe de ne rencontrer personne le soir. Au reste, on ne peut pour cela trouver d'endroit plus commode que mon secteur : cela fait déjà plus de six mois que je ne vois personne, à part mes malades. Et eux n'ont que faire de moi.

Le 18 mai.

Nuit étouffante. Il va y avoir de l'orage. Au loin, derrière le bois, une panse noire grandit et enfle. Voici une lueur pâle, inquiétante. C'est l'orage.

J'ai un livre sous les yeux ; j'y lis ceci du sevrage morphinique :

« ... forte agitation, état d'anxiété et d'inquiétude, irritabilité, pertes de mémoire, parfois hallucinations et léger obscurcissement de la conscience... »

Des hallucinations, je n'en ai pas connu, mais quant au reste, oh ! je puis le dire, quel langage abscons, bureaucratique, vide de sens !

« État d'anxiété !... »

Non, moi qui suis atteint de cette maladie atroce, je mets en garde les médecins afin qu'ils aient davantage de compassion pour leurs patients. Ce n'est pas un « état d'anxiété », c'est une mort lente qui s'empare du morphinomane pour peu qu'on le prive de sa morphine une heure ou deux. L'air lui fait défaut, il ne peut l'avaler… pas une cellule de son corps qui ne soit en manque… De quoi ? Impossible à définir ou à expliquer. Bref, l'homme n'est plus. Il est déconnecté. Ce qui se meut, ce qui s'angoisse, ce qui souffre, c'est un cadavre. Il n'aspire ni ne pense à rien d'autre qu'à la morphine. La morphine !

Mourir de soif est une mort paradisiaque, bienheureuse, comparée à la soif de morphine. C'est ainsi, sans doute, qu'un enterré vivant s'efforce d'attraper les dérisoires dernières bulles d'air de son cercueil et se lacère la poitrine avec les ongles. C'est ainsi qu'un hérétique gémit et se débat sur le bûcher lorsque les premières flammes lui lèchent les pieds…

La mort, une mort à sec, à petit feu…

C'est cela qui se cache derrière ces paroles de magister, « état d'anxiété ».

Je n'y tiens plus. À l'instant, je suis allé me piquer. Un soupir. Un deuxième.

Ça va mieux. Le voilà… là… ce froid mentholé au creux de l'estomac…

Trois seringues en dilution à 3 %. Cela me suffira jusqu'à minuit…

Imbécile. Ce que je viens de noter est imbécile. Ce n'est pas si terrible. Je laisserai tomber tôt ou tard !… Pour le moment, au lit, au lit.

À lutter stupidement contre la morphine, je ne fais que me martyriser et m'affaiblir.

(Manque une vingtaine de pages arrachées du cahier[1].)

1. La plupart des biographes de Boulgakov estiment que ces pages manquantes ont pu correspondre aux réactions horrifiées de l'auteur face aux événements révolutionnaires et au coup d'État bolchevik d'octobre 1917, impossibles à publier dix ans plus tard.

…core vomi à 4 h 30.

Lorsque je me sentirai mieux, je noterai mes impressions horribles.

Le 14 novembre 1917.

Donc, après m'être enfui de la clinique du docteur… *(nom soigneusement biffé)* à Moscou, me voici de retour. La pluie tombe en rideau et me coupe du monde. Qu'elle m'en coupe donc. Je n'ai pas besoin de lui, pas plus que quiconque n'a besoin de moi. La fusillade et le changement de régime, je les ai vécus tandis que j'étais à la clinique. Mais l'idée d'abandonner ce traitement s'était insinuée en moi avant même les combats de rue à Moscou. Merci à la morphine de m'avoir rendu courageux. Aucune fusillade ne me fait peur. Qu'est-ce qui peut, d'ailleurs, effrayer un homme qui ne pense qu'à une seule chose : à ces merveilleux, ces divins cristaux. Lorsque l'infirmière, absolument terrorisée par le vacarme de la canonnade…

(Une page arrachée.)

...aché cette page pour que personne ne puisse lire le récit dégradant de la manière dont un homme diplômé s'est enfui lâchement, comme un voleur, en subtilisant son propre costume.

Si ce n'était que le costume !

Une chemise, j'ai chapardé une chemise de la clinique. Je n'en étais pas à ça près. Le lendemain, après ma piqûre, je me suis senti revivre et suis revenu voir le docteur N. Il m'a accueilli avec compassion mais cette indulgence laissait malgré tout transparaître son mépris. En pure perte là encore. Il est psychiatre enfin, il doit comprendre que je ne suis pas toujours maître de mes actes. Je suis malade. Qu'a-t-il à me mépriser ? Je lui ai rendu la chemise de la clinique.

Il a dit merci, puis a ajouté :

« Que pensez-vous donc faire à présent ? »

J'ai dit crânement (j'étais alors en état d'euphorie) :

« J'ai décidé de retourner dans mon trou, d'autant que mon congé a expiré. Je vous suis très reconnaissant de votre aide, je me sens nettement mieux. Je poursuivrai le traitement chez moi. »

Et lui de me répondre :

« Vous ne vous sentez pas mieux du tout. Ça me fait bien rire que vous me disiez cela à moi. Il suffit de regarder vos pupilles. À qui donc croyez-vous avoir affaire ?...

— Je ne peux pas m'en déshabituer d'un seul coup, professeur... surtout en ce moment, avec tous ces événements... j'ai été absolument choqué par cette fusillade...

— Elle a pris fin. Le nouveau pouvoir est en place. Reprenez le traitement. »

Tout m'est alors revenu en mémoire... le froid des couloirs... les murs nus barbouillés de peinture à l'huile... et moi qui me traîne comme un chien à la patte cassée et qui attends... Qui attends quoi ? Un bain chaud ?... Une petite piqûre à 0,005 de morphine. Dose non mortelle, certes... mais juste pour... et toute cette angoisse qui demeure et qui pèse comme elle pesait avant… Ces nuits de néant, cette chemise que je déchirais sur moi en implorant qu'on me laisse partir ?…

Non. Non. On a su inventer la morphine, on a su l'extraire des capsules desséchées et cassantes d'une plante divine, qu'on trouve donc aussi le moyen de soigner sans faire souffrir ! J'ai hoché la tête obstinément. Alors il s'est levé, et je me suis tout à coup précipité avec effroi vers la porte. Il m'avait semblé que le professeur voulait m'enfermer et me retenir de force à la clinique…

Il a rougi.

« Je ne suis pas gardien de prison, a-t-il prononcé, ici ce n'est pas la maison d'arrêt des Boutyrki[1]. Restez tranquille. Vous vous étiez vanté d'être parfaitement normal, il y a de cela deux semaines. Pourtant… » (imitant expressivement mon geste de frayeur) « … je ne vous retiens pas, mon cher.

— Rendez-moi mon attestation, profes-

1. Nom d'une des principales prisons de Moscou.

seur. Je vous en supplie. » Même ma voix tremblait pitoyablement.

« Je vous en prie. »

Il a tourné une clé de son secrétaire et m'a remis mon attestation (disant que je m'engageais à suivre les deux mois de traitement et que l'on pouvait me retenir à la clinique, etc., bref le papier classique).

D'une main tremblante, je l'ai prise et je l'ai empochée en bafouillant :

« Je vous remercie. »

Puis je me suis levé pour partir. Quelques pas et, dans mon dos :

« Docteur Poliakov ! »

Je me suis retourné, la main sur la poignée de la porte.

« Je voulais vous dire de réfléchir. Comprenez que, de toute façon, vous retomberez en clinique psychiatrique, oh ! dans quelque temps… Et vous y retomberez dans un état bien pire. Moi, je vous ai malgré tout traité comme un médecin. Mais ce jour-là, vous reviendrez déjà dans un état de décomposition totale du psychisme. Vous n'êtes, à vrai dire, même pas en mesure de pratiquer, très cher, et il serait criminel de ne pas prévenir votre employeur. »

J'ai tressailli et me suis nettement senti blêmir (alors même que je n'ai guère de couleurs en temps normal).

« Je vous en conjure, professeur, lui ai-je dit d'une voix sourde, n'en dites rien à personne… On me révoquera… on claironnera que je suis un malade… et après ? Pourquoi voulez-vous me faire ça ?

— Allez, a-t-il crié avec dépit, allez-vous-en. Je ne dirai rien. On vous ramènera de toute manière… »

Je suis parti et pendant tout le trajet, je le jure, je me suis tordu de douleur et de honte… Pourquoi ?…

C'est très simple. Ah ! mon ami, mon fidèle journal. Tu ne vas pas me dénoncer, toi, au moins ? Cela ne tient pas au costume mais au fait qu'à la clinique j'avais dérobé de la morphine. Trois cubes en cristaux et 10 grammes en dilution à 1 %.

Il n'y a pas que cela qui m'intéresse. Ceci encore : la clé était sur l'armoire. Et si elle n'y avait pas été ? Aurais-je forcé l'armoire ou non, dites-moi ? En mon âme et conscience ?

Oui, je l'aurais fait.

Donc, le docteur Poliakov est un voleur. J'aurai le loisir d'arracher cette page.

Pour ce qui est de la pratique, en tout cas, il a poussé le bouchon un peu loin. Certes, je suis un dégénéré. C'est parfaitement exact. Mon sens moral commence à se désagréger. Mais travailler, je le peux, à aucun de mes patients je ne puis causer de mal ni de tort.

Oui, pourquoi avoir volé ? C'est très simple. Je m'étais dit que pendant les combats et tout ce tohu-bohu causé par le coup d'État, je ne trouverais nulle part de morphine. Or, lorsque cela s'est calmé, j'en ai encore trouvé dans une pharmacie de faubourg, 15 grammes en dilution à 1 % : parfaitement inutile et assommant pour moi — il faudra que je m'inocule 9 seringues ! Et il a fallu s'humilier encore. Le préparateur a réclamé un coup de tampon, il me regardait d'un sale œil, avec défiance. Le lendemain, en revanche, revenu à la normale, j'ai obtenu dans une autre pharmacie, sans aucun contretemps, 20 grammes en cristaux : j'avais rédigé une ordonnance pour l'hôpital (en commandant aussi au passage de la caféine et de l'aspirine, bien entendu). Et puis, en fin de compte, pourquoi dois-je me cacher et avoir peur ? Est-il réellement écrit sur ma figure que je suis morphinomane ? Qui cela regarde-t-il, finalement ?

Et puis la dégradation est-elle si marquée ? Je prends ces notes à témoin. Elles sont fragmentaires, mais aussi bien je ne suis pas écrivain ! Comportent-elles quelque pensée démente ? Il me semble que je raisonne tout à fait sainement.

Le morphinomane a un bonheur dont personne ne peut le priver : la capacité de mener sa vie dans une solitude totale. Or la solitude, cela signifie des pensées importantes, qui ont du fond, cela signifie contemplation, quiétude, sagesse...

La nuit s'écoule, noire et silencieuse.

Quelque part un bois dénudé, derrière, la rivière, le froid, l'automne. Loin, bien loin, Moscou, trépidante et fiévreuse. Je n'ai de goût à rien, n'ai besoin de rien, ne me sens attiré par rien.

Brûle donc, lumière de ma lampe, brûle doucement, je veux me reposer après mes aventures moscovites, je veux les oublier.

Je les ai oubliées.

Oubliées.

Le 18 novembre.

Premiers gels. Il fait plus sec. Comme je ne prends presque jamais l'air, je suis sorti me promener le long du sentier, en direction de la rivière.

Le délabrement de la personnalité a beau être ce qu'il est, je fais quand même des efforts pour me restreindre. Ce matin, par exemple, je ne me suis pas piqué. (Je me pique à présent trois fois par jour, à raison de 3 seringues à 4 %.) Pas commode. J'ai pitié d'Anna. Chaque augmentation de la dose la tue. Elle me fait pitié. Ah ! quelle femme !

Oui… donc… voilà… lorsque je me suis senti mal, j'ai décidé de me faire tout de même souffrir un peu (le professeur N. aurait de quoi m'admirer) en remettant la piqûre à plus tard et je suis allé à la rivière.

Quel désert. Pas un bruit, pas un frisson. Le crépuscule n'est pas encore là mais il est tapi quelque part, il se traîne sur les marécages, sur les monticules, entre les souches… Il avance, il avance vers l'hôpital de Levkovo… Moi aussi je me traîne, appuyé sur une canne (à dire vrai, je me sens un peu affaibli ces derniers temps).

Voici que de la rivière, le long de la pente, vole vers moi à toute allure, sans même remuer les pieds sous sa jupe-cloche bariolée, une petite vieille aux cheveux jaunes… Au premier abord, je n'ai pas saisi, je n'ai même pas pris peur. Une petite vieille comme une autre. Bizarre : pourquoi, en plein froid, est-elle nu-tête, avec seulement une petite blouse ?… Et puis d'où vient-elle, cette vieille ? Qui est-elle ? Notre consultation va fermer à Levkovo, les derniers traîneaux de paysans vont s'égailler et, à dix verstes alentour, plus personne. Des brouillards, des marais sans fin, des forêts ! Et tout à coup des sueurs froides m'ont coulé le long du dos : j'avais saisi ! La petite vieille ne court pas, elle *vole* bel et bien, sans toucher terre[1]. Compris ? Mais ce n'est pas cela qui m'a arraché un cri, c'est le fait qu'elle avait à la main une fourche. Pourquoi ai-je tellement pris peur ? Pourquoi ? Je suis tombé un genou à terre en tendant les bras, en me cachant pour ne pas la voir, puis j'ai fait demi-tour et j'ai couru en claudiquant vers la maison comme vers mon salut, ne désirant rien d'autre que de ne pas avoir le cœur qui éclate, de pénétrer au plus vite dans la chaleur de mon logis, de voir Anna bien vivante... et d'avoir de la morphine...

J'y suis parvenu.

Foutaise. Pure hallucination. Hallucination fortuite.

1. Démarquage voulu de la vision hallucinatoire qui apparaît au héros de la nouvelle de Tchekhov « Le Moine noir ».

Le 19 novembre.

Vomissements. C'est mauvais.

Conversation avec Anna, dans la nuit du 21.

ANNA : L'infirmier est au courant.

MOI : Pas possible ? Peu importe. Pas grave.

ANNA : Si tu ne pars pas pour la ville, je me pends. Tu entends ? Regarde tes mains, regarde-les.

MOI : Elles tremblent un peu. Cela ne m'empêche aucunement de travailler.

ANNA : Mais regarde donc : on voit au travers. Tu n'as que la peau sur les os... Regarde ton visage... Écoute-moi, Serioja, pars d'ici, je t'en conjure, pars...

MOI : Et toi ?

ANNA : Pars d'ici. Pars. Tu cours à ta perte.

MOI : Bah, c'est beaucoup dire. Effectivement, je ne comprends pas pourquoi j'ai perdu mes forces si vite. Il y a pourtant moins d'un an que je suis malade. Il faut croire que telle est ma constitution.

ANNA *(tristement)* : Qu'est-ce qui peut te ramener à la vie ? Peut-être cette Amnéris, ta femme ?

MOI : Oh ! non. Sois tranquille. Je remercie la morphine de m'avoir débarrassé d'elle. C'est la drogue qui l'a remplacée...

ANNA : Ah ! mon Dieu... que faire ?...

Je pensais que des femmes comme cette Anna n'existaient que dans les romans. Si un jour je me rétablis, j'unirai pour toujours mon sort au sien. Il n'a qu'à ne pas revenir d'Allemagne, l'autre.

Le 27 décembre.

Longtemps que je n'ai pas pris mon cahier. Je suis tout emmitouflé, les chevaux m'attendent. Bomgard a quitté le secteur de Gorelovo et on m'envoie le remplacer. Ici, il y aura une doctoresse.

Anna reste ici... Elle viendra me voir... Fût-ce à trente verstes.

Nous avons fermement décidé qu'à compter du 1ᵉʳ janvier je prendrai un congé de maladie d'un mois et j'irai voir le professeur à Moscou. Je signerai encore un engagement et, pendant un mois, j'endurerai dans sa clinique des souffrances inhumaines.

Adieu, Levkovo. Au revoir, Anna.

1918.
Janvier.

Je n'y suis pas allé. Impossible de me défaire de mon idole en cristaux solubles.

Je claquerai pendant le traitement.

Et l'idée me vient de plus en plus souvent que je n'ai pas besoin de me soigner.

Le 15 janvier.

Vomissements le matin.

Trois seringues à 4 % à la tombée du jour.

Trois seringues à 4 % dans la nuit.

Le 16 janvier.

Jour d'opération, donc grande abstinence : de la nuit à 6 heures du soir.

En fin de journée (moment le plus horrible), déjà de retour chez moi, ai nettement entendu une voix monotone et menaçante répéter :

« Sergueï Vassilievitch, Sergueï Vassilievitch. »

Après l'injection, tout est passé d'un coup.

Le 17 janvier.

Tempête, pas de consultation. Ai lu pendant mes heures d'abstinence un manuel de psychiatrie, il m'a produit une impression terrifiante. Je suis fichu, plus d'espoir.

J'ai peur du moindre bruit, je hais tout le monde quand je suis en phase d'abstinence. Les gens me font peur. En phase d'euphorie, je les aime tous, mais je préfère la solitude.

Il convient d'être prudent ici, avec l'auxiliaire et les deux sages-femmes. Faire très attention à ne pas me trahir. J'ai l'expérience, je ne le ferai pas. Personne ne le saura tant que j'aurai de la morphine en réserve. Les dilutions, je les prépare moi-même ou bien j'envoie la prescription à Anna en temps utile. Une fois, elle a tenté (stupidement) de remplacer la dilution à 5 % par du 2 %. Elle l'avait apportée elle-même de Levkovo, dans le froid et la tourmente.

Cela nous a valu une dispute pénible pendant la nuit. Je l'ai convaincue de ne pas faire cela. Le personnel local, je l'ai averti que j'étais malade. Je me suis longtemps cassé la tête pour savoir quelle maladie inventer. J'ai dit que je souffrais de rhumatismes aux jambes et de neurasthénie aiguë. Ils sont prévenus que je prendrai un congé en février pour aller à Moscou me faire soigner. Tout se passe au mieux. Aucune irrégularité dans le travail. J'évite d'opérer les jours où je commence à avoir des vomissements irrépressibles accompagnés de hoquets. J'ai donc dû m'attribuer en plus une gastrite. Eh ! c'est bien beaucoup de maladies pour un seul homme.

Le personnel d'ici compatit et me pousse lui-même à prendre un congé.

Aspect extérieur : maigreur, pâleur de cire.

Ai pris un bain, en ai profité pour me peser sur la balance de l'hôpital. L'an dernier je pesais 4 pouds, à présent 3 pouds 15 livres[1]. J'ai pris peur en regardant l'aiguille, ensuite ça a passé.

Furoncles sur les avant-bras en permanence, même chose sur les cuisses. Je ne sais pas préparer les dilutions stériles ; en plus, je me suis piqué trois ou quatre fois sans avoir ébouillanté la seringue, à la va-vite, avant un déplacement.

Cela n'est pas admissible.

Le 18 janvier.

Ai eu l'hallucination suivante :
Je m'attends à voir s'inscrire dans le noir des fenêtres je ne sais quels personnages blêmes. C'est insupportable. N'ai qu'une paire de rideaux. Ai pris de la gaze

1. Soit à peine plus de 55 kg contre 65,5 auparavant.

à l'hôpital pour masquer les fenêtres. Pas pu trouver de prétexte.

Mais bon sang ! pourquoi donc, en fin de compte, suis-je obligé d'inventer un prétexte pour chacun de mes actes ? Ce n'est plus une vie, c'est réellement un martyre !

Est-ce que je m'exprime clairement ?
Il me semble que oui.
La vie ? Quelle dérision !

Le 19 janvier.

Aujourd'hui, pendant la pause, à la consultation, alors que nous nous délassions en fumant une cigarette à la pharmacie, l'auxiliaire, tout en mélangeant ses poudres, m'a raconté (et en riant, Dieu sait pourquoi) l'histoire de cette infirmière qui, atteinte de morphinomanie et ne pouvant se procurer de morphine, ingurgitait du laudanum à raison d'un demi-verre à alcool. Je ne savais où diriger mes regards pendant ce récit accablant. Qu'est-ce que cela a de drôle ? Il m'est odieux. Quoi de drôle à cela ? Mais quoi ?

Je suis ressorti de la pharmacie comme un malfaiteur.

« Que voyez-vous de drôle dans cette maladie ?... »

Mais je me suis retenu, ret...

Dans ma situation, il importe de ne pas être trop arrogant avec les autres.

Ah ! cet auxiliaire. Il est tout aussi cruel que ces psychiatres qui ne parviennent en rien, en rien, en rien à aider leur malade.

En rien.

En rien.

Ces lignes ont été écrites en période d'abstinence, elles comportent beaucoup de choses injustes.

Clair de lune. Je suis allongé après un accès de vomissements, me sens faible. N'arrivant pas à lever les mains, je griffonne mes pensées au crayon. Elles sont pures et fières. Je suis heureux pour quelques heures. Le sommeil m'attend. Au-dessus de moi, la lune entourée d'un halo. Rien ne me fait peur après la piqûre.

Le 1er février.

Anna est venue. Elle est toute jaune, malade.

Je l'ai poussée à bout. À bout. Oui, j'ai un grand péché sur la conscience.

Lui ai fait le serment de m'en aller à la mi-février.

Vais-je le tenir ?

Oui. Je le tiendrai.
Si seulem^t je suis en vie.

Le 3 février.

Donc, cette colline. Couverte de glace, sans fin, comme celle d'où un traîneau emportait le petit Kay des contes de mon enfance[1]. Ma dernière glissade sur cette colline, en sachant ce qui m'attend en bas.

---

1. Héros, avec son amie Gerda, de *La Reine des neiges* d'Andersen.

Oh ! Anna, tu auras bientôt un grand chagrin, si tu m'as aimé...

Le 11 février.

J'ai pris ma décision. Je vais m'adresser à Bomgard. Pourquoi lui ? Parce qu'il n'est pas psychiatre, parce qu'il est jeune, que c'est un camarade de faculté. C'est un homme sain et fort mais bienveillant, sauf erreur. Je le revois bien. Peut-être qu'il trouv... que je trouverai en lui de la sympathie. Il aura une idée. Qu'il m'emmène à Moscou. Moi, je ne peux pas aller le voir. J'ai déjà pris mon congé. Suis alité. Ne vais pas à l'hôpital.

J'ai dit du mal de l'auxiliaire. Il a ri, c'est vrai... Et alors ? Il est venu me rendre visite. A proposé de m'ausculter.

Je ne l'y ai pas autorisé. Encore des prétextes pour refuser ? Je ne veux plus en inventer.

Mon mot pour Bomgard est parti.

À moi ! Qui me viendra en aide ?
En voilà une exclamation pathétique. Si

quelqu'un lisait cela, il penserait que c'est du chiqué. Mais personne ne le fera.

Avant d'écrire à Bomgard, tout m'est revenu en mémoire. Notamment l'image de la gare à Moscou, en novembre, quand j'ai fui la ville. Quelle soirée atroce. La morphine volée que je m'injectais dans les toilettes... Un cauchemar. Ces gens massés à la porte, ce vacarme de voix implacables qui m'injurient parce que j'occupe les lieux trop longtemps, mes mains qui tressautent, et le loquet qui tressaute aussi, la porte qui manque à tout moment de s'ouvrir...

C'est depuis lors que j'ai des furoncles. Dans la nuit, j'ai pleuré d'y avoir repensé.

Le 12, de nuit.

Encore pleuré. À quoi bon cette faiblesse écœurante la nuit ?

Le 13 février 1918
au petit matin, à Gorelovka.

Je puis me féliciter : quatorze heures déjà sans piqûre ! Quatorze ! Chiffre inimaginable. Le jour se lève, indécis, blafard. Je vais vraiment guérir tout à fait ?

Raisonnons sainement : de Bomgard, pas besoin, besoin de personne. Il serait dégradant de prolonger ma vie d'une seule minute. Une vie comme celle-là, non, pas la peine. Le remède est là, à portée de main. Comment n'y ai-je pas pensé plus tôt ?

Bien donc, passons à l'acte. Je ne dois rien à personne. Je n'ai perdu que moi-même. Et Anna. Que puis-je y faire ?

Le temps guérira... comme chantait Amnér.[1]. Avec elle, c'est sûr, tout est simple et facile.

Le cahier pour Bomgard. Terminé...

---

1. À l'acte II de l'opéra de Verdi, Amnéris chante à Aïda : « Le temps guérira les angoisses de ton cœur. »

V

À l'aube du 14 février 1918, dans une petite ville éloignée, j'ai lu ces notes de Sergueï Poliakov. Elles figurent ici intégralement, sans modification d'aucune sorte. Je ne suis pas psychiatre et ne puis dire avec certitude si elles sont édifiantes, utiles. Je les crois utiles.

À présent que dix années ont passé, la pitié et l'effroi suscités par ces notations ont pris fin, bien sûr. C'est naturel, mais à relire ce journal, maintenant que la dépouille de Poliakov est décomposée depuis longtemps et que son souvenir a totalement disparu, j'y attache encore de l'intérêt. Peut-être est-il utile ? Je prends sur moi de répondre par l'affirmative. Anna K. est morte en 1922 du typhus exanthématique, dans ce même hôpital de secteur où elle travaillait. Amnéris, la première femme de Poliakov, est à l'étranger. Et ne reviendra pas.

Puis-je publier ce journal qui m'a été donné ?

Je peux. Je le publie. Docteur Bomgard.

Automne 1927.

COLLECTION FOLIO 2 €

Dernières parutions

Composition Nord Compo
Impression Novoprint
à Barcelone, le 13 février 2019
Dépôt légal : février 2019
1er dépôt légal dans la collection : mai 2012

ISBN 978-2-07-044524-0./Imprimé en Espagne.

349446